Caléndula

New York, NY.

Colección Sudaquia

Caléndula

Kianny N. Antigua

Sudaquia Editores.
New York, NY.

CALÉNDULA BY KIANNY N. ANTIGUA
Copyright © 2016 by Kianny N. Antigua. All rights reserved
Caléndula

Published by Sudaquia Editores
Collection design by Sudaquia Editores
Cover image and artwork by Andy Castillo
Author photo by Fiona Murguia

First Edition Sudaquia Editores: octubre 2016
Sudaquia Editores Copyright © 2016
All rights reserved.

Printed in the United States of America

ISBN-10 1944407162
ISBN-13 978-1-944407-16-2
10 9 8 7 6 5 4 3 2 1

Sudaquia Group LLC
New York, NY

For information or any inquires: central@sudaquia.net

www.sudaquia.net

The Sudaquia Editores logo is a registered trademark of Sudaquia Group, LLC

This book contains material protected under International and Federal Copyright Laws and Treaties. Any unauthorized reprint or use of this material is prohibited. No part of this book may be reproduced or transmitted in any form or by any means, electronic or mechanical, including photocopying, recording, or by any information storage and retrieval system without express written permission from the author / publisher. The only exception is by a reviewer, who may quote short excerpts in a review.

This book is a work of fiction. Names, characters, places, and incidents either are products of the author's imagination or are used fictitiously. Any resemblance to actual persons, living or dead, events, or locales is entirely coincidental.

Índice

Fermín Herranz Rodríguez	15
I	19
II	23
III	27
IV	31
V	35
VI	41
VII	47
VIII	51
IX	55
X	61
XI	67
XII	71
XIII	77

A los que no saben abandonarme.

Un agradecimiento especial a doña Águeda Villamán,
por ser tantas mujeres en una.

A Mía

¡Oh Madre dulcísima de Altagracia, que tuviste la dicha de recibir en tus brazos a tu Santísimo Hijo muerto por nosotros en la cruz, te suplicamos nos socorras a todos en la hora de la muerte!

Ave María

Digo que la amé como un pájaro que ha decidido cerrar sus alas.

Jimmy Valdez-Osaku

Fermín Herranz Rodríguez

A don Fermín Herranz Rodríguez se le recuerda en el pueblo por tres cosas: su devoción por la Virgen de la Altagracia, por lo malo que fue y por el trabajo que dio para morirse.

Postrado en su lecho de moribundo, por su piel transparente pegada a unos huesos duros y prominentes y unos ojos tan anchos y vacíos como el mundo antes de su creación, el anciano parecía una figura apocalíptica desterrada de lo alto. Ocupaba una pequeña habitación de paredes maltrechas, iluminada, de día, por una ventana de delgadas láminas de madera donde el sol de la tarde venía a morir, y de noche por un altar, entronizado en un rincón, presidido por la imagen de la Madre de Dios. Consumidos por la enfermedad del tiempo, se encontraban tanto la casona como el viejo.

—Yeya, yo me quiero i' pero la Vi'gencita no me abre la pueita —le susurró el anciano a su compañera con una voz desoída para la mayoría de los humanos, pero clara como río para ella.

—No se apure, don Feimín. U'té' verá que Ella le abre —replicó Yeya con su boca desdentada—. Vamo' a bañailo y a poneilo bonito pa' que la Vi'gen lo quiera vei; y a Ella vamo' a limpiaile ei maico pa' que lo peidone, viejo.

Con un gesto automático, se envolvió la mantilla negra alrededor de los hombros, se paró de la mecedora produciendo un chirrido melancólico, y se acercó al cajón de resortes y huesos donde yacía el nonagenario. Le tocó la frente a su paciente, sempiterno amigo y verdugo y, sin mucho esfuerzo pero con todo el cuidado, descolgó el cuadro de la Virgen que desde su esquina, adornaba la destartalada habitación. Con la mano rusilla, le limpió el cristal y después de observar la imagen que miraba al Niño, la besó con ternura; volteó un poco el cuadro para que don Fermín también tuviera el gusto de ver a su santa. En un ínfimo descuido, Yeya tumbó una botella polvorienta que se encontraba escondida detrás de donde estaba ubicado el cuadro. Los cristales rotos produjeron un sonido sofisticado, fino, no por ello menos contundente. Pero eso no disturbó al viejo. Su alma ya no parecía pertenecerle. Los ojos, como los pedazos de vidrio, miraban solo lo que la posición de su cabeza le permitía. Yeya le tomó la mano enclenque y, después de apretársela, como confirmando una verdad, salió del pequeño y lóbrego aposento.

I

Yeya era el tipo de amante que toda mujer desearía para su esposo. Era de aspecto insípido y callada. Conocía su lugar y además protegía y amaba la familia de Fermín como lo casi suya que era.

Tanto ella como Fermín eran niños cuando se conocieron. Su madre era empleada en la casa de doña Esperanza y don Zacarías, padres de Fermín. Tras el paso del ciclón San Zenón, madre e hija quedaron desamparadas y se instalaron definitivamente en la casa de los Herranz. A finales de los 30, ya Josefina, nombre que olvidaría porque pronto el viento de las voces le traía otro nombre, cargaba con la mitad de los quehaceres domésticos de aquella casa y a Fermín le comenzaban a crecer los tentáculos.

Una seca tarde, calurosa por demás, Josefina venía del río cargando una batea de ropa recién lavada. El olor a jabón de cuaba y a palo bastón revoloteaban los alrededores y el orco calor de la tarde buscaba refugio en las axilas y en los refajos. Ensimismada y con el pensamiento ocupado en priorizar los quehaceres que le esperaban en casa, sintió un brusco halón que la sacó de la vereda. Sin entender lo que ocurría, obedeció sin dudar la orden que le diera el joven Fermín de que no dijera una palabra. Con la ansiedad que produce la ignorancia en materias sexuales y la brutalidad que facilita el poder, Fermín levantó el vestido ligero que cubría las carnes finas de Josefina, le arrancó las pantaletas y la traspasó ahí, a algunos pasos del río, encima de la ropa mojada; la penetró ahí y todos los días que se le siguieron antojando.

«Ay ya, ay ya, ay ya, ya, ya, ay ya, ay, ya, ye, ay, ay, ya, yee, yaaa...». En pocos minutos, después del mascullar, Fermín se mordió los labios, deteniendo con los dientes el grito de la satisfacción. Tembloroso aún, se levantó y se amarró el pantalón; con la palma de la mano, se secó el sudor de la frente, se limpió las rodillas y se perdió entre los matorrales, sin volver la mirada. Ella se recogió y regresó al río a lavar la ropa, enlodada. Fermín arrimaba a los veinte; Yeya tenía doce años.

II

«Coño, pero tú 'tá' oyendo eso Tineo, que papá no se ha muerto. Ahí 'tá todavía. Yo te digo a ti.

»¿Y qué voy a hacé'? Cogé' pa' allá. Oh, pero es que eso ej lo último. ¿U'té' ha vi'to el Diablo? No me joda' con cuarto' y con tacañería que es mi papá el que se 'tá muriendo. Ve a ver tú lo que tú hace', bu'ca prejta'o, échale má' ácido bórico a lo' coite', o no le pague' a lo' parásito' que tú tienej ahí abajo dizque trabajando. Lo que hay es que a mí me consigue' tú mi pasaje y uno' cuanto' peso' má', ya mijmo, que me degarito pa' donde papá.

»A pero maña fuera que Rosa y Emilio, que lo que trabajan e' uno en una faitoría y la otra en una e'cuela pública, tengan má' dinero que yo pa' viajá'. *Are you kidding me?* Ese sería el colmo, papito... Además, tú ni te imagina' lo jarta y cansada que yo estoy de andar resolviéndole problema' a ejto' muchacho' de mierda y a ti también. Tú sabe' muy bien de lo que yo 'toy hablando. Se muera papá o no, yo voy pa' allá porque yo necesito DESCANSAR de ustede'. Yo necesito una' va-ca-ciones. Risort, mi corazón. Adio' coño, no somo' loco', no.

»Tú no vej Negro, que cuando tú quiere', tú sabe' complacer a tu mami. ¿Para cuándo me lo va' a comprar? No, mejor pa' mañana por la noche, eso' vuelo' que salen de madrugá', así me da tiempo pa' ir al salón a hacerme el pelo y las uña' porque, ¿tú te imagina' yo llegando con ejta greña y con las uña' como una chopa al velorio de papá? No, no se ha muerto pero él no dura mucho. La suerte que ya yo mandé la corona porque oh, oh, maña fuera que ahora nos entierre él a nosotro'; ya está bueno, ya el viejo dio todo lo que iba a dar y vivió to' lo que iba a viví'.

»Además, tú sabe' que yo tengo que ir porque a la hora que el viejo se muera, va a comenzar la jodienda con lo de la repartición de las tierra'. Yo sé muy bien que para eso fue que Rosa y Emilio se fueron pa' allá. Eso sí, que se crean ello' que me van a coger a mí de pendeja. No señor, ningún, ningún... Qué paranoica ni paranoica, la verdá', que a mí hay que darme lo que me toca y si no tú verá' la que se va a armar. *They should know better than to fuck with me.*

»Sí, lo mejor que tú hace' es que deje' de estar opinando y metiéndote en lo que no te importa, porque eso' son problema' mío'... Ya, ¿me lo comprajte, Negro? Para venir en do' semana', después que pasen lo' Nueve Día'. Lo' muchacho' no se van a morí, ya ello' están bastante grande' y pueden pelar un plátano y hervir un huevo y tú te pide' tu *delivery* y san se acabó. *Ok?*

III

Yeya, ya Miguei Olivare' me peidonó que lo haya mata'o. Yeya, Migué', Miguei, Yeya.

La mujer escuchaba gritar al moribundo mientras limpiaba el cuadro con un paño humedecido en agua de alcanfor.

—No sabe cuánto me alegro, don Feimín, de que el aima dei joven Miguei se haya compadeci'o de ujté'. ¡Ujté' ve, viejo, que la Vi'gen no me lo desampara!

—Yeya, yo lo que quiero e' tierra. Acué'tame en ei suelo y dejpué' dame una docena de plátano' maduro', que tengo mucha hambre.

Yeya pasó el mismo trapo con el que limpiara el cuadro por la piel que forraba el esqueleto de don Fermín, lo vistió de negro con un pantalón fino de poliéster y una camisa manga larga de algodón. Luego, salió a la calle y llamó a dos hombres para que la ayudaran a sacar al moribundo de la cama y lo depositaran en el suelo, frente a la puerta que daba al patio —desde donde se podía apreciar la cabaña desvencijada que una vez le sirviera de refugio a la dicha—. Allí lo acomodaron con una almohada forrada de años y Yeya le tiró una sábana gruesa por encima. La mañana seducía. El sol lo miraba todo y la brisa mojada del alba acariciaba las hojas y las hacía cantar.

Mientras don Fermín deliraba, Yeya contestó el teléfono, un aparato cuyo armatoste y timbre vetustos hacían juego con la rancia vivienda. Era la hija menor de los pocos hijos del viejo que aún vivían.

—Yeya, pero e' que yo no entiendo. ¿Cómo ej eso que papá ejtá vivo? Ayer tú me diji'te que se había mueito. Ya Rosa y Emilio cogieron un vuelo y yo acabo de mandai una corona de flore'.

—Ay, mi Niña, la' cosa' que se ven en ejta casa no ejtán ejcrita'. Así mismo fue que pasó. Su papá se murió, moriito ayei temprano. Yo lo atenté y ejtaba blanco y frío como una lápida. Entonce', en medio de lo' rezo' y lo' grito', el pobre comenzó a decí' sandece': que le bujcaran el punzón, que a ese guardia que no le diera la epaida; después, que quería comei sopa de gallina críolla. Ay, mi Niña, y yo se la preparé. Doña Caimen me consiguió la gallina pelaíta y picá, pero ni con la' soracione' la probó. Yo te juro Niña Mecho que yo no sé de dónde ej que el viejo saca tanta fueiza, poique má' come una cigua que tu tata, m'ija.

—Mira, Yeya, si e' verdá' lo que tú dice', esa' son cosa' dei Demonio.

—¡Dio' no' libre, Niña! No miente ese pájaro —exclamó la vieja mientras se persignaba.

—¡Oh! Pero y qué má' va a sei. Yo no entiendo, Yeya, yo no entiendo.

IV

Mecho, una mujer esbelta, de senos y trasero pronunciados. Fermín, un hombre corto con aires de tronco. Mercedes Altagracia Bautista podía ser hija de Fermín pero ni eso ni el hecho de que ella estuviera comprometida fue nunca impedimento para que éste la cortejara, enamorara y se casara con ella. Así mismo, el que estuviera casado con una mujer hermosa, hacendosa y sensual, tampoco le impedían al para entonces síndico del pueblo, que continuara comportándose ante el resto de las mujeres como un hombre soltero.

Don Octavio «Tavio» Bautista, papá de Mercedes, era uno de los pocos comerciantes de buena reputación que quedaban en el pueblo. Veneraba y admiraba al Generalísimo, como si éste fuera su único Dios, por eso no tuvo inconveniente cuando Fermín comenzó a visitar su casa con intenciones distintas a las de hablar de negocios y de compra y ventas con él. Quien no estaba muy contento con estos cortejos era el novio de Mercedes, un jovencito, estudiante de medicina que respondía por el nombre de Miguel Olivares.

Aunque Mercedes era una joven de su casa, no le molestaban las visitas de Fermín, al contrario, la tranquilizaban ya que era más seguro, para ella y para su familia, que la asociaran con un trujillista reconocido y respetado y no que la vieran junto a un joven con ideas un tanto liberales, complicadas, como era el caso del joven Miguel.

En privado, además, era más que pura apariencia y la conveniencia de la protección. A solas, Fermín sabía qué decir para que las palmas de las manos le comenzaran a transpirar. Nunca vio los años de Fermín como un inconveniente. Al contrario, saberlo experto la excitaba (aunque nunca se lo dijera con esas palabras). La fuerza de su mirada, la enamoró. Besarlo, era como darse un baño de hormigas bobas.

En unos meses, y obviando las amenazas y los reproches de Miguel, Mercedes Altagracia Bautista y don Fermín Herranz Rodríguez, se casaron. Ella tenía diecinueve años y él treinta y ocho. Ese mismo año nació Rosa, al año siguiente Emilio en su casa, Felipito en la de Patricia y Julio en la de Dulce, y cuatro años más tarde, en 1961, asesinan al Benefactor de la Patria y nace la Niña Mecho.

A todo esto, ni Miguel ni las otras mujeres ni los hijos ilegítimos fueron un problema mayor para la pareja de enamorados. Mercedes nunca se dejó intimidar por las aventuras de su esposo; en algunas de ellas, incluso, como fue en el caso de Yeya, encontró solidaridad y algo más. El joven Olivares pronto dejó de ser importuno. Un buen día simplemente desapareció.

V

Domitila era santera. También era espiritista, hablaba con los loases, tenía nociones de Plaza y podía ser Caballo. Conocía los misterios de la 21 División. Poseía el Don. Devota de Belié Belcán, de todos sus colores y con todos sus nombres. Cruzó el Masacre con su mamá, y dos hermanitos menores, cuando apenas era una niña y, después de haber dejado su adolescencia y juventud entre sumo de caña, se insertó en Jaya, donde trabaja con vivos los problemas de los muertos.

A pesar de las incredulidades, la cantidad de los casos del más allá que se develan en el aquí son numerosos, interminables. Ensalmos, mal de ojos, apariciones, botijas, limpias, santos que se montan, chupe de brujas, lectura de cartas, de tazas y de cigarros, almas que deambulan, galipotes, muertos que se comunican, entre otros, conformaban el día y la noche de Domitila. La gente del campo la buscaba, la de los pueblos aledaños también; la buscaba la gente de la ciudad, los que no tenían con qué pagar y a los que les sobraba.

Esa mañana, antes de ir a lo de don Fermín, Domitila asistía a una mujer a quien se le había montado un difunto. La hija de la médium, llegó descalza, despeinada, sudada y temblorosa a la casa de la santera y, sin mucho palabreo, la agarró de la mano.

—Venga, venga que mami 'tá pidiendo tijera'.

Cuando llegaron a la casa, tuvieron que hacerse camino entre los familiares que, a pesar del pavor, trataban de controlar a la mujer que con una fuerza superior, se revolcaba en la cama, mientras se arrancaba las ropas y el pellejo.

Domitila, inmediatamente le ordenó a dos de los hombres que allí se encontraban, que cada uno le agarrara una mano a la mujer y que, a costa de lo que fuera, le separaran los dedos anular y mayor. Ella y la mamá de la Caballo harían lo mismo con los dedos de los pies. Domitila entonces se sacó un bollo de pesos de entre los senos y los sobacos y mandó a la misma niña que fue por ella a que corriera a la pulpería y le trajera un pote de ron, un tabaco y tres velones, uno rojo, uno verde y el otro blanco.

—¡Tijera, mira tú, maldita negra, dame una tijera! —gritaba con voz masculina el cuerpo quebradizo de la mujer.

San Miguel Arcángel,

defiéndenos en la batalla.

Sé nuestro amparo contra la perversidad y asechanzas del demonio.

Repríma le Dios, pedimos suplicantes,

y tú Príncipe de la Milicia Celestial,

arroja al infierno con el divino poder a Satanás

y a los otros espíritus malignos
que andan dispersos por el mundo
para la perdición de las almas.

Amén.

Los ojos de Mabel, así se llamaba la mujer, parecían que le daban la vuelta al cráneo y la cama se quejaba con voracidad de las jamaqueadas que recibía. Después de repetir la oración dos veces más, tanto Domitila como Mabel comenzaron a pronunciar palabras desconocidas para el resto de los allí presentes. Conversaban.

Sonia, la niña que había ido a hacer el mandado, llegó. De sus ojos salían lágrimas que se perdían en el sudor de sus mejillas. Domitila ordenó que prendieran los velones y que los pusieran uno en cada esquina de la cama, dejando así una esquina vacía. Se dio un trago de ron de hombre y luego hizo que le prendieran el tabaco. Las dos persianas que daban a la calle estaban cerradas, pero el sol entraba igual de intenso por la más mínima rendija. A Mabel, se le arqueaba la espalda hacia arriba, como si al tronco se le pudieran separar las coyunturas que lo unen de los brazos y de las piernas. Con el cigarro esquinado entre los labios gruesos, Domitila seguía rezando.

Entre copetazo y trago profundo, después de un rato congelado en el espacio, Mabel comenzó a rebuznaba tal cual lo hacen las mulas. Luego, en lo que para el resto pareció una eternidad, pararon los espasmos. Sus extremidades parecían relajarse. Se calmaba. De afuera entraba el murmullo de los parientes y vecinos que, como velas encendidas, esperaban.

Habiendo quedado menos de un cuarto de ron en la botella, Mabel dejó de moverse. Obedeciendo a Domitila, los hombres y la mamá de Mabel le soltaron los dedos y la santera se acercó a la cabecera de la cama, le levantó la cabeza fofa a Mabel y le embicó la botella en la boca, vaciándole el contenido restante y derramando parte del líquido en las ajadas sábanas.

Mabel se despertó tosiendo, confundida. Domitila le pidió al grupo que saliera, excepto a la madre. A Sonia hubo que remolcarla porque no respondía. Su cuerpo y su expresión parecían haberse quedado en el trance. Mabel se agarró la cabeza. Le dolía, eso dijo. También preguntó qué había pasado, por qué tenía los brazos arañados y ensangrentados. No se acordaba de nada, ni de tijeras ni para qué las quería. Ella solo recordaba que estaba en un jardín y que caminaba y recogía flores junto a Sonia, su hija.

VI

En el pueblo todas las noticias eran compartidas. Esa mañana, Maritza, la maestra de séptimo curso, antes de comenzar con los ejercicios de división, ya había pasado el dato de la resurrección a sus estudiantes. Igual pasaba en el colmado de Chichía y en el matadero de Peducho. Hasta las vacas sabían que el viejo no se moría. Solo unos pocos, sin embargo, comentaban el porqué. Los que contaban con más años de miseria encima, recordaban las épocas en que don Fermín era el síndico del pueblo. Para entonces, las mujeres y los enemigos lo seguían como indigencia en bolsillo de pobre.

—Cuaiquiera que lo ve así, ha'ta pena le coge ai viejo —le comentaba don Ignacio a su único empleado, Negrito, mientras llenaban los bidones de leche para la segunda repartición—. Jum, eso e' ei remoidimiento que no lo deja cerrai lo' sojo'. Ni ei Diablo lo quiere ceica.

En tiempos de toros gordos, el hombre era una figura respetable y temida. En las casas, a puertas cerradas y voces apenas perceptibles, algunos llegaron a contar hasta seis los vivos que dejaron de serlo gracias al punzón de aquel político adusto. Incluso, se le llegó a adjudicar, a base de rumores solamente, la muerte de uno de sus hijos. Se rumoraba que una noche, Felipe, uno de los bastardos que engendró, tragado de alcohol, andaba llorando penas cerca de la casona del viejo, quien, al escuchar pasos ajenos, sin detenerse a averiguar quién era el intruso, atravesó la sombra del chico con su punzón, que ya para entonces se había convertido en una extensión de su brazo. El joven amaneció desangrado y sin un padre que implorara justicia por su muerte.

Nadie mejor que don Fermín conocía el largo de su cola, es por eso, quizá, que desde muy joven le entregó su fe a la Virgen de la Altagracia, a quien veneraba infinitamente. Desde que tenía tres años, no hubo veintiuno de enero en el que el niño y luego hombre no visitara el Antiguo Santuario de La Altagracia, hoy conocido como la Basílica de Higüey, La Basílica Catedral Nuestra Señora de La Altagracia. Ya enliado, de rodillas caminaba desde las puertas hasta el altar de la Santa Patrona y allí permanecía, hasta que el calambre o los espasmos se lo permitieran. Siempre una ofrenda y siempre un resguardo para ser bendecido por la Virgen en su día, el cual entonces llevaba consigo como piel. Medallas, imperdibles, rosarios, cuadritos de tela cosidos a mano, etc., conformaban los amuletos que aquel hombre pensaba lo salvarían de la inquina de sus incontables enemigos, quienes, sin duda, buscaban la manera de guardarlo tres metros bajo tierra.

Después de haber salido ileso de los enfrentamientos entre los izquierdistas restantes de la Guerra Civil del 65 y los de La Banda, grupo al que él pertenecía, don Fermín se alejó casi por completo de los asuntos políticos. Quería dedicarse a la tierra, a la siembra, a la cosecha; a respirar el olor a café molido que le regalaba su Madre. Años después, no obstante, las deudas políticas lo persiguieron y encontraron.

Una noche fresca como el invierno tenue del Caribe, unos hombres aprovecharon la oscuridad, y la careta que es la paz, y se le metieron en la casa al viejo. De golpe tuvo que despegarse del cuerpo tibio de Mercedes, cuando los intrusos, revólver en mano, lo sacaron de la cama. Uno de ellos agarró a su esposa por el pelo y, mientras a don Fermín lo forzaban a que se arrodillara, le metieron un tiro en la cabeza, ahí frente a frente. Sintiendo que el mundo se lo tragaba, vio la silueta del cuerpo de su Mecho desplomarse.

Con todo el sabor de la venganza en los labios, don Fermín se le zafó al sujeto que lo sostenía y, en instantes, sintió cómo le corría la sangre indiferente por la mano. Escuchó la piel del hombre rajarse hasta que el mango del punzón le chocó con el esternón. Con la caída del segundo cuerpo al suelo, se escucharon unos tiros. La luz chispeante que surgió del hocico del cañón, con cada martillazo del gatillo, fue lo último que viera don Fermín, antes de perder el conocimiento.

Por meses, que lentamente se convirtieron en años, la Niña Mecho despertaba en medio de la noche escuchando los gritos de su madre, tratando de salvar su vida, asustada. Los recuerdos se le confundían con los sueños, con las pesadillas, y muchas veces era difícil organizar los hechos. Sabía que entre gritos y disparos, Yeya la había sacado de la cama y, junto a sus hermanos, se escondieron unos debajo de la cama y otros en un armario. No salieron de allí hasta que no escucharon otro sonido que no fuera el de las luciérnagas. A la Niña Mecho, el olor a ébano, dulce, seco, desde entonces, siempre le produce nauseas.

Luego fue peor. A pesar de la oscuridad y del desorden, la Niña se acercó al cuerpo frío y manchado de la madre como lo hacen los imanes. Se le echó encima, la abrazó y, con angustia, le pedía que no se muriera, que no la dejara sola. Desde ese momento, todas las veces que lo pensara, prefirió haberse quedado sin padre.

Fermín despertó días después en una clínica en la Capital. El doctor le informó que había sobrevivido gracias a un milagro, después de que le extrajeran tres tiros del cuerpo. La tristeza que en ese momento le invadía, por la pérdida de su mujer, fue mayor que la gracia de saberse vivo.

Semanas más tarde, saliendo de la clínica, tomó un autobús pero en vez de encaminarse hacia su casa, se dirigió a Cambita, Garabito. Allí sabía de un hombre llamado Juanico que poseía un Don especial. Era un iluminado. Esta vez buscaba más que un simple resguardo; quería que lo ensalmaran porque él no podía morirse hasta que no matara a quien le había arrancado a Mecho de los brazos.

VII

Pantalón oscuro de poliéster, con filos de sable todavía respirando almidón. No menos planchada, la camisa blanca, abotonada hasta la manzana de Adán, ajustada bajo una correa de cuero que no envejece. Encasquetado al cincho, la baqueta que guardaba el punzón y acercaba a los hombres a todo mal.

Nunca llevaba perfume, don Fermín prefería llegar desapercibido a los lugares. Ese día no era distinto pero especial. Se había levantado antes que los gallos para, aún oscuro, ponerse en marcha hacia Higüey, donde celebraría los milagros de su Santa.

Oh, Señora y Madre mía de Altagracia,

con filial cariño vengo

a ofrecerte en este día

cuanto soy y cuanto tengo:

mis ojos para mirarte,

mi voz para bendecirte,

mi vida para servirte,

mi corazón para amarte.

Acepta, Madre, este don

que te ofrenda mi cariño

y guárdame como a un niño

cerca de tu corazón.

Que nunca sea traidor

al amor que hoy me enajena

y que desprecie sin pena

los halagos de otro amor.

Aunque el dolor me taladre

y haga de mí un crucifijo

que yo sepa ser tu hijo,

que sienta que tu eres mi Madre.

En la dicha, en la aflicción,

en mi vida, en mi agonía,

mírame con compasión,

no me dejes Madre mía.

Cuando don Fermín era un chiquillo de tres años, doña Esperanza, su madre, lo llevó a una de las conmemoraciones más importantes en la historia de la isla, la coronación de la Virgen y Santa Protectora oficiada por el Papa Pio XI. Aunque un crío, nunca olvidó ese momento.

Hoy, setenta años después, don Fermín tenía el honor que pocos seres humanos tienen en una sola vida, el de volver a vivir esa experiencia gloriosa: el Papa Juan Pablo II visitaba el país por tercera vez y personalmente, con una diadema de plata sobredorada, volvería a coronar la imagen de la Virgen de la Altagracia. Ya años atrás, durante su primer viaje al país, don Fermín había tenido el privilegio de ver al Papa Juan Pablo II bendecir el Santuario de la Altagracia, pero esta visita no se le comparaba. En esta ocasión además venía con las manos y el alma vacías. No le pediría nada, pensó, a su Santa, iba con la sola intención de agradecerle su bondad y de demostrarle su eterno agradecimiento.

¡Oh, Madre dulcísima de Altagracia, toda pura e inmaculada desde tu Concepción!, te suplicamos bendigas bondadosa a nuestros hijos, conservando la inocencia de nuestros niños y aumentando el amor a la pureza de nuestra juventud.

Ave María...

VIII

—¡Yeya! —gritó el viejo de repente— ¡Ya de'cubrí poi qué no pue'o morime! Bújcate un haitiano que sepa de santo' y tráemelo.

La enfermera, sirvienta y amiga, tan enjuta como el moribundo, no hizo comentario alguno y después de forzarlo a comer un bocado de puré de plátanos maduros, se ajustó su manta y salió a la calle. En unas horas regresó con una señora rolliza, de aspecto grasiento y olor a vetiver, cuyo color de piel, negrísimo, enmarcaba la blancura de su dentadura perfecta.

Yeya quedó perpleja cuando encontró a don Fermín sentado frente a la mesa, devorando con las manos el plato de comida del día anterior que ella había dejado allí. La negra pegó un grito alarmante al verlo y él, al escucharla, dejó salir un gruñido gutural como solo las bestias lo hacen cuando presienten el peligro. Inmediatamente, Domitila sacó un rosario y le ordenó a Yeya que mandara a buscar un gallo, un perro, un gato o el animal que fuese, pero que estuviera vivo, y a ella que prendiera incienso. «Sácame uno' ramito' de ruda, yelba buena y perejil que tengo en el motete, ejtrújalo' y tíralo' por la' ejquina' del cualto», le gritó agitada. La enfermera, con trabajo, despegó la vista de los ojos encendidos y afilados de su amigo, que ahora respiraba por la boca, de la que dejaba escapar una espumilla amarilla como yema de huevo batida.

Cuando Yeya regresó con el gallo y las plantas, encontró al viejo tirado en la cama, presa de las fuertes convulsiones que agitaban su huesudo cuerpo. Domitila, al pie del camastro, soltó los pies descalzos de don Fermín para agarrar el gallo por el cuello y arrancarle la cabeza de un tirón, salpicando de sangre el rostro de Yeya, quien, con las raíces aún empuñadas, permanecía petrificada frente a ellos. La mulata se enjugó las manos con el líquido casi púrpura y se las pasó por los brazos y por los pies al moribundo. Luego dibujó un círculo en el suelo, al lado de la cama, en el centro trazó una equis y allí depositó el cuerpo del animal. La cabeza del gallo la envolvió en el pañuelo que llevaba de turbante y la guardó en la funda de almohada donde ahora reposaba inerte la cabeza de don Fermín. Luego comenzó a sobarle los brazos, el pecho, la barriga, los muslos y las piernas al viejo como si le estuviera tumbando agua de la piel. El acto fue concluido con un timbrazo del teléfono que anunciaba que Rosa y Emilio estarían en casa en unas horas.

Antes de irse, Domitila le dijo a Yeya que los resguardos eran los que no dejaban morir al viejo, y que uno de ellos no se le quería salir del cuerpo.

—Lo' sotro' do' ejtaban flojo'. Hace rato que querían deja'le' el cuelpo en pa' a don Felmín, pero ése que él tenía en la bajliga, ése e' fuedte; no se le quiere de'prendel. Lo único que pude consegui' fue que se le bajala al pie i'quieldo. De ahí, cuando yo vuelva y si Dio' quiele, será má' fácil. Ya e' ju'to que el viejo de'canse.

Yeya intentó darle algo de dinero pero ella lo rechazó diciendo que su trabajo aún no estaba terminado. «Cuando don Felmín se muera, entonce' u'té me paga», señaló Domitila antes de darle la bendición a la vieja.

En el momento en que la santera salía de la casa, se paró una camioneta frente a la vivienda. Un joven de cara grisácea y cundida en polvo, consiguió con mucho esfuerzo desmontar una corona mortuoria de absurda rimbombancia y vasto tamaño. Habiéndola entrado a empujones por la estrecha puerta, con más delicadeza, la depositó en la sala y Yeya pudo admirar la grandiosidad de esta ofrenda póstuma adornada con príncipes negros, caléndulas naranjas y claveles blancos y amarillos, y una banda azul en la que se leía: «Descansa en paz, papá. Tu Niña Mecho».

IX

Para nadie fue sorpresa que Fermín ganara las elecciones municipales y se hiciera síndico. Era simplemente de esperarse. Desde que comenzó a interesarse por los asuntos políticos, apoyaba el trujillato. Luego, que degollaran al Chivo y subiera El Doctor, poco cambió en la municipalidad. Fermín continuó en el poder y ganando elecciones, con o sin votantes. Por cuatro términos y solo hasta que él mismo dijera no más, dirigió con pie firme los menesteres del Ayuntamiento.

Pero no todo era trabajo, política. Después que Mecho le diera hijos, y la casa se le llenara de sonrisitas y juguetes de trapo y madera, Fermín trató de ser buen padre, de darles buenos ejemplos a sus hijos y de inculcarles respeto y amor por la tierra. A veces, por las tardes, salía con ellos al patio y les mencionaba uno a uno los nombres de las plantas que tenían sembradas en un pequeño huerto que él mismo cultivaba y que luego, Mercedes o Yeya cosechaban y cocinaban. Cuando el calor arreciaba se iba con la familia al río y disfrutaba sobremanera ver a Emilio tirarse de las peñas altas.

Otras veces, cuando los muchachos estaban de vacaciones de la escuela, Fermín los turnaba para llevárselos a la ciudad para que lo vieran trabajando o simplemente para comprarles helado.

Ese día le tocaba a la Niña Mecho ir a trabajar con su papá. Aunque por lo general la niña se aburría muchísimo, le gustaba ser el centro de atracción entre los mayores que siempre trataban de agradarla (y agradar al padre) regalándole mentas y chucherías.

La pichoncita había heredado la belleza de su mamá y ahora, vistiendo ese trajecito de marinero, que le había cosido Mercedes, blanco con una franja azul por toda la orilla, y con el pelo lleno de rizos, adornado con un lazo de la misma tela, parecía una niña de revista.

Temprano, ansiosa y de la mano de su papá, se montó en el aparato que los llevaría derechito al Ayuntamiento. Desde que entraron al edificio pintado de blanco, con aspecto de castillo neo-trujillista, la niña comenzó a llenarse de atenciones. Los adultos saludaban con respeto a Fermín y luego bajaban la mirada para adular la preciosura de la niña.

Una vez entraban a la oficina de su papá, no paraba la lluvia de gente que quería hablar con Fermín o de darle un presente a la criatura. Después de la sirena del mediodía, salían a comer y, por la tardecita, el papá le compraba una barquilla de fresa a su chiquita.

En la oficina, horas después y sirviéndose que la Niña Mecho cabeceaba en una silla, Fermín se le pegó por detrás, le secreteó algo en el oído y le manoseó el bacinete a la secretaria; la cual salió de allí más contenta que una hiena.

Esa tarde, después de salir de la Barra Cofita, aprovechando la brisa que batía las ramas de vez en cuando y libraba a los transeúntes de un sofoque total, padre e hija se sentaron en un banquito, bajo la sombra de una palma manila, frente al recinto municipal.

Ya sentados, y mientras la niña jugaba con una muñequita diminuta que le habían regalado en la oficina, se les acercó un limpiabotas. Fermín asintió con la cabeza cuando el niño curtido le preguntó si quería que le limpiara los zapatos. El niño de pocos años y muchas angustias, sacó un banquito de madera que llevaba incrustado en la caja donde guardaba sus utensilios de trabajo, se sentó frente a ellos y le ofreció la caja a Fermín para que descansara un pie.

Primero abrió la tapa del cajón, sacó un cepillo de cerdas finas y se lo pasó al zapato para desempolvarlo; seguido, sacó un betún negro y, haciendo círculos, extrajo un poco con los dedos y se lo sobó en la punta del zapato. Luego, agarrando un pedazo de tela por las puntas, boleó con agilidad la parte donde antes había untado la pasta. Entonces, volvió a meter la mano en el cajón. Ésta vez extrajo una escobilla y un potecito de plástico, con líquido negro, casi vacío. Después de exprimirlo con destreza y depositar un poco de la tinta en un lado de la escobilla, se la pasó al zapato completo, con cuidado de no teñir la media. Volvió a repetir la hazaña pero ésta vez tuvo que batir el potecito para que salieran las últimas gotas que le quedaban. El líquido negro finalmente salió pero no terminó en la escobilla sino en la falda del vestido de la Niña Mecho, quien instantáneamente pegó un grito y comenzó a llorar. El limpiabotas, asustado, intentó pedirles disculpas pero era muy tarde. La patada que Fermín le había tirado le había llegado primero al pecho y ya tirado en la acera, las palabras no le salieron.

Fermín agarró a la niña y caminaron sin prisa hacia el Ayuntamiento. El paño, la escobilla, el cepillo, el betún, el banquito, el niño y el potecito quedaron regados alrededor de la caja de limpiar zapatos.

x

A pesar de la hora, ya oscuro, la casa de Domitila estaba llena de clientes, cuando Yeya llegó a buscarla por segunda vez. Nadie reclamó cuando la viejita sin dientes, después de saludar, siguió derechito y se metió en la habitación donde se encontraba la santera.

> *En el nombre del gran poder de Dios, omnipotente y eterno,*
>
> *pido permiso para invocar el santo nombre de san Luis Beltrán que cura toda clase de males,*
>
> *para conjurar estas tres ramas de albahaca, en aire, fuego, agua y tierra,*
>
> *elementos de la naturaleza que deben penetrar en la salud, fuerza y vigor.*
>
> *Que esta bendición permanezca con la voluntad divina aquí, ahora y siempre, por los siglos de los siglos. Amén.*

La negra tenía una copa llena de agua con un crucifijo adentro en una mano y una vela blanca y un ramito de albahaca en la otra. Junto a ella se encontraba una muchachita consumida, con una camisa manga larga y una falda blanca hasta los tobillos. Tenía trenzas en media cabeza; la otra mitad era una maraña hirsuta, de la que se sujetaba, como quien no quiere la cosa, un peine. Sentada en una silla de madera, ruidosa, una mujer que, entre rarezas, parecía que estaba quedándose calva. Detrás de ella, como una escultura boterista, un señor que la miraba azorado. Encima de todo, la luz deforme que entraba por los blocks de araña, y el humo gris del incienso quemado, no ayudaban con las apariencias físicas.

Domitila notó la presencia de Yeya, desde que la vieja corrió las cortinas y como gata entró en el aposento. Con un cabeceo, casi de tango, la saludó y la invitó. Todos rezaron un credo, un padrenuestro y un avemaría. Luego, la santera le pasó los objetos que agarraba a la muchachita de blanco, se persignó y continuó sola:

Criatura de Dios, yo te conjuro y bendigo en el nombre de la santísima Trinidad

Padre +, Hijo + y Espíritu Santo +

tres personas y una esencia verdadera,

y de la Virgen María nuestra señora concebida, sin mancha del pecado original.

Virgen antes del parto + en el parto + y después del parto +

y por la gloriosa Santa Gertrudis

tu querida y regalada esposa, once mil Vírgenes,

señor San José, San Roque y San Sebastián

y por todos los santos y santas de tu corte celestial.

Por tu gloriosísima encarnación + gloriosísimo nacimiento +

santísima pasión + gloriosísima resurrección + ascensión por tan altos

y santísimos misterios que creo y con verdad, suplico a tu divina majestad,

poniendo por intercesora a tu santísima madre abogada nuestra,

libres, sanes a esta afligida criatura de esta enfermedad, mal de ojo, dolor, accidente,

calentura o cualquier otro daño, herida o enfermedad.

Amén, Jesús.

Mientras rezaba la oración, entre frases y a veces entre palabras, le hacía la señal de la cruz en la cabeza a la joven mal tramada que estaba sentada en la silla.

Yeya tuvo deseos de salir de allí pero ella sabía que era preferible no moverse mucho porque las cosas del mal de ojo se respetan. Además, aunque más acabada de lo que recordaba, Yeya reconoció a la clienta. Era Magdalena, la muchacha que atendía el ventorrillo de Ñaclín. No solo sería peligroso, sino que se vería muy mal que le diera la espalda a la joven, dejándola en esa condición.

No mirando a la indigna persona +

que prefiere tan sacrosantos misterios

con tan buena fe te suplico Señor, para honra tuya y devoción de los presentes,

te sirvas por tu piedad y misericordia de sanar y librar

de esta herida, llaga, dolor, tumor o enfermedad,

quitándole de esta parte y lugar.

Y no permitas tu divina majestad, le sobrevengan accidente, corrupción, ni daño,

dándole salud para que con ello te sirva y cumpla tu santísima voluntad.

Amén Jesús +.

La oración seguía y las señales en la cabeza de Magdalena se multiplicaban. Yeya estaba a punto del desespero cuando escuchó

«*Consumatum est + consumatum est +. Amén Jesús*».

En seguida, la niña de blanco le dio el ramito de albahaca a Magdalena, la tomó del brazo, la ayudó a levantarse y la sacó de la habitación casi a la carrera. El señor panzón, todavía con aspecto de confusión, le dio la mano a Domitila, se despidió con un «Dio' me la bendiga» de Yeya y salió tras ellas.

Domitila se dejó caer en la silla donde segundos antes estuviera sentada Magdalena y sin esperar a que Yeya abriera la boca, le dijo que mañana, que mañana temprano pasaba por la casa. Ahora tenía muchos clientes que atender.

XI

Su cuerpo era el más robusto de los tres y su mente, el adalid. Cuando estuvo claro que, a pesar de lo mucho que la amaba, Fermín no dejaría sus andadas, entonces ella no solo decidió aceptarle las amantes, sino que además se convirtió en su aliada. Sin necesidad de engaño, la fuerza de la unión se hizo inquebrantable. Como ya los hijos empezaban a nacer, era necesario recrear un nido alterno para aquellos encuentros donde el sexo y la pasión se triplicaban.

Fermín hizo construir una cabaña en el fondo del patio, visible desde la casona pero con la privacidad que requerían las citas. La cosa no era al azar y de algún modo, el que Mercedes hubiera empezado a formar parte de los amoríos entre su esposo y sus amantes, le daba la autoridad de aprobar o rechazar la amante de turno. Fermín, manejado como quien cuelga de alambres de acero inoxidable de una nube, accedía y complacía cada uno de los caprichos de Mercedes aunque estos —a veces— significaran decirle a la mujer que tuviera tendida en la cama que se vistiera y se fuera. En muchas ocasiones las amantes se repetían. Un ejemplo de ello era Yeya y Alodia, una joven delgada, con ojos de lagarto y pezones demasiados grandes para sus pequeños pechos.

Hoy el ritual había sido el mismo. Anoche, abrazados en su cama, bajo la luz de una jumeadora inquieta, Mercedes le comentó a Fermín que hacía mucho tiempo que no veía a Alodia. Temprano por la mañana, mientras Mercedes alistaba a los niños para ir a la escuela, Fermín fue a buscar a Alodia, quien vivía en Tenares, un pueblo vecino. Ambos conocieron a la joven en una feria. Aquel día, mientras los chicos se reían de las bufonadas de los payasos, Mercedes le dijo a Fermín que le gustaría verlo con esa mujer, señalando a Alodia, quien traía un vestido plisado color durazno. Luego, alelado aún, lo mandó a comprarles unos refrescos a los chicos. Cuando Fermín regresó, ya Alodia estaba sentada junto a su esposa y charlaban de recetas de cocina.

Alodia y Fermín entraron a la cabaña y minutos más tarde, después de mirar por un agujero estratégicamente ubicado cerca de la ventana, entró Mercedes. Traía el pelo recién lavado y unas gotitas perfumadas caían en sus hombros como sin querer. Vestía una bata clara de ramos pequeños con botones al frente. Fermín había aprendido a que su esposa observara, aprobara y entrara antes de él empezar a desvestirse y a desvestir a su acompañante. Pocas veces había besos; por lo general la mujer se acostaba en la cama, Fermín la poseía toscamente y Mercedes observaba. En el caso de Alodia, la participación era mayor.

Mercedes ayudó a desvestir a Alodia mientras Fermín la desvestía a ella. Se besaron y con delicadeza se dejaron caer sobre las sábanas olorosas a azul. Fermín, en éxtasis, tras la aprobación de su mujer, las acompañó. Entonces Mercedes le tomó la mano a su marido y se la deslizó por los contornos del cuerpo delgado de Alodia, temblorosa, entregada. Los dedos entrelazados, casi unificados de la pareja bailaron en las colinas que eran los pechos de la mujer y se perdieron en el monte que le proseguía a su vientre. Con la mirada, Mercedes dictaba y Fermín ejecutaba. Así la penetró, mientras su esposa jadeaba a su lado, complacida. El aroma a almendra y a coco jugueteaba en las narices y en las lenguas.

Terminado el acto, sin palabras, se vistieron. Mercedes salió de la cabaña y fue a la cocina a poner las habichuelas y a preparar café. Seguido, Fermín y Alodia la acompañaron y entre cigarrillos y sorbos tibios de café, las mujeres conversaban de la posibilidad de lluvia, entre tanto Fermín, en silencio, se enamoraba un poco más —al borde de la idolatría— de su Mecho.

XII

Habiéndose ido el cara sucia que trajo la corona, a Yeya apenas le quedó tiempo para lavarse, asear al viejo, limpiar la estela de sangre, y remover el cuerpo del gallo decapitado que había quedado del ritual, antes de que llegaran los hijos de don Fermín a velarlo.

A su llegada, y al igual que la Niña Mecho, se llevaron la gran sorpresa de que su padre aún estaba vivo. No obstante, la calma no les duró porque el alma de don Fermín volvió a abandonar su cuerpo. Esta vez fue Rosa la que telefoneó a Mecho para darle la noticia.

La Niña resolvió en ir ella también a despedirse del cuerpo de su papá. Además de la angustia que le produjo la incertidumbre, ella necesitaba unas vacaciones. Como el de su padre, su cuerpo también le clamaba tierra. Pensó que unos días en el campo, o en la playa, la repondrían.

—¿Le llegó la corona que le mandé?

—Sí, Mecho. Están muy lindas las flores. ¡Ay papá! Se nos fue el viejo, Mecho —se lamentaba Rosa con sus hermanos, mientras Emilio le sostenía los hombros y le acariciaba el pelo.

Esa noche, ante el asombro y el insomnio de los que allí degustaban té de jengibre, don Fermín volvió a despertar. A esta nueva contrariedad no se le encontraba explicación alguna. Encima de todo, los gritos del viejo que no terminaba de morirse, se extendieron por todo el vecindario.

—Ay, Mecho, si tú lo hubieras oído hablando con mamá, como si la mujer estuviera ahí, ahí acostada con él. Era para provocar infarto, Mecho —le explicaba Rosa los detalles de la noche anterior a su hermana que recién llegaba al velorio.

Yeya, entonces, les comunicó lo que había pasado con Domitila y todos apoyaron la idea de que volvieran a buscar a la santera para que le terminara de sacar el resguardo del diablo ese, porque la Virgen no estaba haciendo nada para llevárselo.

Domitila regresó gustosa al día siguiente, ya que por motivos de su oficio, no pudo llegar la noche anterior. Los príncipes negros de la corona comenzaban a perder pétalos y la casa cada vez se inundaba más con el característico olor de las flores de muertos.

—¿Tú sabe' lo que e' eso? —pensó en voz alta la Niña Mecho— Con lo cara que me salió esa corona pa' que papá ahora no se pueda morí'.

Ante los ojos obtusos de los que allí se congregaban, Domitila pidió el punzón vitalicio del viejo para pincharle, como luego explicó, el dedo gordo del pie y que así pudiera abandonar el cuerpo el último de los resguardos que, en contra de su voluntad, todavía protegía la vida de don Fermín. De su macuto, sacó una botella donde había recolectado agua de siete tinajas, y unas fundas con ceniza de siete fogones y borra de café robada de siete coladores. En un higüero, que le proporcionara Yeya, mezcló los ingredientes con sumo de ruda previamente santiguado y, con oraciones, le dio a beber tres cucharadas al moribundo. Antes de que el viejo entrara en espasmos y gorgojeo, le hizo una pequeña herida en el dedo del pie y exprimió hasta que salieran siete gotas. A don Fermín le dieron convulsiones y varias veces viró los ojos. Luego se quedó dormitando.

Habiendo concluido su labor, la mujer volvió a despedirse sin cobrar sus honorarios. Los perros del barrio entonaban una canción angustiosa.

Pasaron dos días. Rosa y Emilio regresaron a sus casas a lidiar con sus propios avatares. A la Niña Mecho le quedaban cada vez menos esperanzas de encontrar descanso; la casa la estaba ahogando. El rechinar de las puertas y las ventanas, los tablones y las hendijas semideformes de las paredes, el polvo, el zumbido de los pájaros y de los árboles, el croar de los sapos por las noches, los esprines del colchón, el mosquitero, los malditos mosquitos, los grillos, los gallos, el frío por las mañanas, el calor endemoniado por las tardes, las historias de media noche, el olor a mocato, a viejo a grajo, la gente, sus dientes o los huecos ennegrecidos donde se supone habite la dentadura; el viejo de la porra que no terminaba de morirse... todo la irritaba.

—Qué coño tú quierej que yo te diga: no se ha muerto, no se ha muerto y yo ejtoy aquí como una maldita guanábana... ¿Y qué quierej tú que yo haga? ¿Lo mato? ¿Salgo de él y me voy pa' la playa a cogei soi? Mira, coño, no me hagaj Tineo. Diablo, aunque sería lo mejoi que me pueda pasá'. Tú sabe' lo rico que sería yo metida en un *risort* ahora mijmo, echándome aire en el ombligo, en ve' de 'tar metí'a en e'te cuchitrín, bebiendo café y hablando con gente bruta *that don't know shit about life, the real life, you know what I mean?* Na', ¿cómo 'tán lo' muchacho'? Sí, sí, yo me cuido, pero yo no sé de qué, ¿qué me pue' pasai? Que me pique un mo'quito y me dé dengue, eso na' má'; o que del pique, me dé un ataque al corazón y yo me muera primero que papá. Cuídate tú, tú sí que ejtá' en la candelá. Nada, yo te aviso. Lo má' probable e' que me tenga' que cambiai el vuelo Tineo porque yo de aquí no me voy sin pasaime uno' día' en un hotel frente a la playa, no señor. Ay qué sé yo: Pueito Plata, La' Terrena', Bábaro, ¡dónde sea, hajta a Nagua voy y meto! Ya lo sabe'. Qué río del coño, seré yo muchacho pa' andai en eso' cane'. Procura tú mejor sea que yo no me entere de vaina y jugarreta tuya con ninguna mujercita. Sí, tú sabe de qué yo hablo; de eso cuero' viejo que se te pegan a ti como mo'ca' dejde que ven que yo no ando ceica. Bueno, tú me conoce'. Ay sí, baj, eso dicen to' los hombre'. Yo no, yo lo más que me puedo conseguí' ej un moreno, con tremenda macana, que me dé masaje' en lo' pie', mientra' yo me tomo una fría en la playa. Ja, ja, ja, ja. No te apure, yo te enseño la' foto'. Ya, qué vaj tú a hacei na'. Ya, no joda' má. *Bye.* Yo te aviso. Beso. Cuídate y dile a lo' muchacho' que me llamen aunque sea una ve', carajo. *Bye.*

La corona seguía perdiendo pétalos.

Una semana después, desesperada, cansada de escuchar a su padre conversar con fantasmas, seca de dar excusas a los curiosos del porqué el viejo no terminaba de morirse, viendo sus vacaciones y la playa desvanecerse tras la espera, el polvo, la tierra y el campo que ahora tanto despreciaba, y respirando cada vez menos el aroma de los Príncipes Negros, la Niña Mecho fue a la cocina y, sin que nadie lo notara, tomó el punzón. Decidida, entró en la habitación de su padre.

XIII

Don Fermín estaba acostado en un catre frente a un altar atestado de estatuas: San Expedito, con su cruz y palma en manos; Yemayá de sirena negra; San Antonio, con el Niño Jesús en brazos; San Rafael con sus alas y pez dorados; Santa Rosa de Lima, piadosa, corona de rosas y cruz de madera; El Divino Niño Jesús, con bata rosada y manos levantadas al cielo; San Miguel Arcángel, con la espada y la balanza, venciendo al Pájaro Malo. La Virgen de la Altagracia, coronada, con su manto azul de estrellas y rezando frente al Niño Jesús. Don Fermín, la ve, le sonríe y se persigna. Seguido nota el cuadro de La Dominadora, una mujer morena, de larga cabellera, con dos culebras envueltas en el cuerpo. En su cabecera, una mesita de patas finas, vestida con un mantel blanco, con algunas botellas encima. En el centro también había un pomo de cristal con unas cuantas flores plásticas (con las orillas negras por los huevos de moscas). Don Fermín pensó que era absurdo ponerle agua a un ramo de flores plásticas, pero no dijo nada. Afuera se oía un murmullo de mujeres y eso lo entristeció hasta el sollozo. En el aire se respiraba el olor fresco de los guandules recién cortados.

Minutos después entró Juanico, un hombre de cara de buena gente, alto y con manos femeninas. Traía una botella, un pedazo de papel de estraza y un lápiz de carbón. Extrajo una silla de guano de entre las patas de la mesita y allí se sentó. Le volvió a preguntar a don Fermín su nombre pero esta vez lo quiso completo y comenzó a escribir en el papel. Luego, se quitó un rosario que le colgaba del cuello y se lo pasó. Le ordenó que se quitara la camisa y le dijo que rezara siete padrenuestros, en silencio. Retomó su escritura.

> *San Ildefonso bendito*
> *confesor de Jesucristo*
> *como guardaste la hostia y el cáliz en el altar*
> *guarda nuestro cuerpo y el camino por donde vamos a andar.*
> *Líbranos de ojos vacuos, de perros rabiosos*
> *y del Enemigo Malo.*

En seguida, envolvió el papel con las letras para afuera y lo metió en la botella. La selló con un corcho y, aún sentado, arrastró la silla hasta el catre. Seguido, tomó otra botella de cuello largo y etiquetas plateadas de la mesita y se enjuagó las manos con Agua Florida. Con las manos húmedas, y con cuidado de no acercarse a los parches sangrientos que le decoraban el pecho, le masajeó el vientre a don Fermín; después, mientras repetía una oración en voz muy baja para ser entendida, le pasó la botella por la barriga. Se la rodaba como lo hace un panadero, rodillo en mano o como lo hacen los artesanos de tabaco cuando enrolan un puro fino.

La sensación fue tan grata que, por momentos, don Fermín no sentía los punzones que el movimiento le producía en las heridas, muy frescas aún. Por segundos, se olvidó de sus hijos huérfanos. La

Niña Mecho apenas tenía nueve años, pocos para sentir la falta de la madre y suficientes para entender que su padre había sido el culpable.

Cuando Juanico terminó, le puso la mano en el hombro a don Fermín y le dijo que eso era todo, que ya podía levantarse. Fermín abrió los ojos y se secó una lagrimilla que se le había escapado por la rendija del ojo. Con cuidado y ayudado por Juanico, se incorporó pero se quedó sentado mientras se ponía la camisa. Intentó devolverle el rosario a Juanico pero éste insistió en que se lo quedara.

—Llévese la botella, vale y póngala en un lugar seguro, donde no se vaya a romper. A medida en que la oración se vaya borrando, el resguardo se le va a ir metiendo. Tenga fe hermano Fermín y vaye con Dio'.

Don Fermín se persignó, se encomendó a la Virgen de la Altagracia y salió de allí. En su pecho, una angustia pesada y a la vez hueca, como los ojos vacíos del tiempo.

Galipote

Kianny N. Antigua
(San Francisco de Macorís, 1979)

Profesora y escritora. Nació en República Dominicana y reside en New Hampshire, EE.UU. Trabaja en Darmouth College como profesora adjunta y dirige el programa de español para niños en Howe Library. Graduada con honores con una licenciatura y una maestría en Literatura hispánica en The City College of New York. Ha publicado: *Al revés / Upside Down* (cuento infantil, Loqueleo 2016), *Elementos* (novela infantil, Editora Nacional 2016), *Extracto* (microrrelato, Ed. del Comisionado 2015), *Detrás del latido / Behind the Heartbeat & El canto de la lechuza / The Owl's Song* (lit. infantil, Alfaguara 2015), *Kianny N. Antigua: Short Fiction 2014* (cuento, Aster(ix) Journal 2014), *Mía, Esteban y las nuevas palabras / Mía, Esteban and the New Words* (cuento infantil, Alfaguara 2014), *El tragaluz del sótano* (cuento, Artepoética Press 2014), *Cuando el resto se apaga* (poesía, Proyecto Zompopos 2013), *9 Iris y otros malditos cuentos* (Ed. Nacional 2010) y *El expreso* (cuento, Argos 2004). Su novela *Elementos*, fue merecedora del Premio Letras de Ultramar, género infantil, 2015. Ese mismo año fue la escritora homenajeada en la XIII Feria del libro de escritoras dominicanas (NYC), y ganó una mención de honor en el Premio Nacional de Cuento Casa de Teatro 2015; asimismo, ha ganado cuatro menciones honoríficas en el Premio de Cuento Joven Feria del Libro 2013 y 2012, respectivamente; en 2011 ganó 2º lugar y mención de honor y en 2010 otra mención de honor en el Premio de Cuento Juan Bosch, Funglode; en 2000 recibe accésit en Vendimia Primera, concurso/antología en honor a Virgilio Díaz Grullón. Además, sus trabajos literarios aparecen en el libro de texto *Conexiones 3ra ed.* (2005) y en *27 cuentistas hispanos* (2004), *Onde, Farfalla e Aroma di Caffe* (primera antología de cuentistas dominicanas traducida al italiano. 2005), *Mujeres de Palabra: Poética y Antología* (2010), *Nostalgias de arena. Antología de escritores de las comunidades dominicanas en los EE.UU.* (2011), *Máscaras errantes. Antología de dramaturgos dominicanos en los EE.UU.* (2011), Colección. Premios Funglode-GFDD 2011 Cuento (2012), *La conversión de los objetos y otros cuentos premiados. Premio Nacional de Cuento Joven de la Feria del Libro 2012* (2013). *Short Stop. Microrrelatos del béisbol dominicano* (2014), *Número para los Gutiérrez y otros cuentos premiados. Premio Joven de Cuento Feria del Libro 2013* (2014), *Multilingual Anthology* [Antología multilingüe]. The Americas Poetry Festival of New York (2014), *Un instante de certidumbre. La obra narrativa de Manuel Salvador Gautier* (2014), *Porciones del alma* (2015) y en *Antología de Poesía Amorosa* (2015). Algunos de sus relatos además han sido traducidos al italiano, al francés y al inglés y varios de sus ensayos y textos se encuentran en las revistas Contratiempo, MediaIsla.net, El Cid, Enclave I, Trazos I, République Dominicaine, Nouvelles et microrécits. Auteurs Dominicains du XXIe Siècle y en su blog: kiannyantigua.blogspot.com.

Novedades:

Ana no duerme y otros cuentos — Keila Vall de la Ville
Carlota podrida — Gustavo Espinosa
De la Catrina y de la flaca — Mayte López
El bosque de los abedules — Enza García Arreaza
El fuego de las multitudes — Alexis Iparraguirre
Exceso de equipaje — María Ángeles Octavio
Hormigas en la lengua — Lena Yau
Intrucciones para ser feliz — María José Navia
La ciudad de los hoteles vacíos — Gonzalo Baeza
La autopista: the movie — Jorge Enrique Lage
La soga de los muertos — Antonio Díaz Oliva
La Marianne — Israel Centeno
Música marciana — Álvaro Bisama
Nombres própios — Cristina Zabalaga
Praga de noche - Javier Nuñez
Que la tierra te sea leve — Ricardo Sumalavia

www.sudaquia.net

Otros títulos de esta colección:

Acabose — Lucas García
El azar y los héroes — Diego Fonseca
Barbie / Círculo croata — Slavko Zupcic
Bares vacíos — Martín Cristal
Blue Label / Etiqueta Azul — Eduardo Sánchez Rugeles
Breviario galante — Roberto Echeto
C. M. no récord — Juan Álvarez
Con la urbe al cuello — Karl Krispin
Cuando éramos jóvenes — Francisco Díaz Klaassen
Desde Alicia — Luis Barrera Linares
El amor en tres platos — Héctor Torres
El amor según — Sebastián Antezana
El espía de la lluvia — Jorge Aristizábal Gáfaro
El fin de la lectura — Andrés Neuman
El inquilino — Guido Tamayo
El Inventario de las Naves — Alexis Iparraguirre
El síndrome de Berlín — Dany Salvatierra
El último día de mi reinado — Manuel Gerardo Sánchez
Experimento a un perfecto extraño — José Urriola

Colección Sudaquia

Florencio y los pajaritos de Angelina su mujer — Francisco Massiani
Goø y el amor — Claudia Apablaza
Hermano ciervo — Juan Pablo Roncone
Intriga en el Car Wash— Salvador Fleján
La apertura cubana — Alexis Romay
La casa del dragón — Israel Centeno
La fama, o es venérea, o no es fama — Armando Luigi Castañeda
La filial — Matías Celedón
La huella del bisonte — Héctor Torres
Las islas — Carlos Yushimito
Los jardines de Salomón — Liliana Lara
Médicos, taxistas, escritores — Slavko Zupcic
Moscow, Idaho — Esteban Mayorga
Nostalgia de escuchar tu risa loca — Carlos Wynter Melo
Papyrus — Osdany Morales
Punto de fuga — Juan Patricio Riveroll
Puntos de sutura — Oscar Marcano
Sálvame, Joe Louis — Andrés Felipe Solano

www.sudaquia.net

Colección Sudaquia

Según pasan los años — Israel Centeno
Tempestades solares — Grettel J. Singer
Todas la lunas — Gisela Kozak

www.sudaquia.net

Novedades:

www.sudaquia.net

Novedades:

www.sudaquia.net

Novedades:

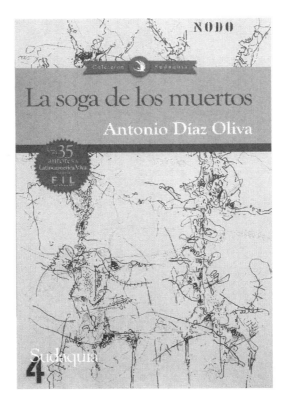

www.sudaquia.net

Made in the USA
Middletown, DE
26 December 2017